X
12338

RECUEIL DE TEXTES CHINOIS

À L'USAGE DES ÉLÈVES

DE L'ÉCOLE SPÉCIALE DES LANGUES ORIENTALES VIVANTES

TEXTES EN LANGUE ORALE
EXTRAITS DE JOURNAUX, PIÈCES ADMINISTRATIVES ET COMMERCIALES
CORRESPONDANCE ÉPISTOLAIRE
DOCUMENTS OFFICIELS, TRAITÉS, LOIS, RÈGLEMENTS, ETC.

RÉUNIS

PAR A. VISSIÈRE

PROFESSEUR À L'ÉCOLE SPÉCIALE DES LANGUES ORIENTALES

Première livraison

PARIS
IMPRIMERIE NATIONALE

MDCCCCII

8 X
12338

RECUEIL DE TEXTES CHINOIS.

1

語言入門、

見面常談○八見朋友總有幾句應酬的話兒也要學
習學習、若不說慣將來見了人就沒有話對答了譬如
客進門問道老大哥邇來敎得狠了、答道豈敢彼此都
不相見好久了、問道好阿、近來恭喜阿、高陞阿發財
阿、荅道好說蒙過獎了托您老人家的福還算平安
但是沒什麼好處、問道令尊大人令堂太太都納福
阿替我請安罷令兄那裏都替我問好罷、荅道、
不敢當了家父家母都還康健家兄舍弟都托福阿、
問問道府上老世伯老伯母令昆仲都納福阿、答道、
也托閣下的福都還好呢、問道去年令尊壽誕令郎
又榮婴我還沒給您道喜呢、短禮得狠了、荅道家父
生辰他老人家不叫給人知道小兒貧婴不敢驚動了、
所以我都沒給您送信了、問道我前年有件小事承
您費心替我出力奔走一翻我還沒給您道乏、荅道、
大夥兒相好該當效勞罷但怕我張羅不到呢、問道、
您前月送我這麼些東西我領了還沒給您道謝呢、

諭摺公件、

光緒二十七年六月初九日奉
上諭總理衙門改爲外務部列六部前、簡派慶親王
總理外務部事務大學士王文韶授爲會辦外務
大臣瞿鴻禨調補外務部尚書授爲會辦大臣徐
壽朋聯芳補授外務部左右侍郎等因欽此

六月初十日奉
上諭現在總理各國事務衙門已改爲外務部特設
專官簡派重臣其前在該衙門行走之崇禮桂春
那桐溥興均着毋庸兼差欽此

同日奉
上諭前因各直省辦理交涉事務殷繁特令各將軍
督撫均兼總理各國事務衙門大臣之銜現在該
衙門已改各將軍督撫卽着毋庸兼衔惟交涉一
切關繫緊重皆地方大吏分內應辦之事該將軍

2

督撫等、仍當加意講求、持平商辦、用副委任、欽此、

苔道、這點粗東西算什麼呢、有什麼好謝呢、您題出口、
我就害臊了、　問道、大哥您是個大才大用的人為什
麼不出門找點事業做做呢、　苔道、我是個愚蠢的人、
任什麼都不會又沒有個能幹只可在家裏藏着罷、
回問道、大哥您這幾年出門實在好阿、大有所望阿、
苔道、我有什麼能耐呢、能幹什麼呢、不過糊口而
已、　問道、近來外頭有什麼新聞呢、　苔道、我那裏知
道呢、我總沒遠出過門、外省外府我都沒有去過官場
中又不大走動衙門裏頭的朋友們又不大交接、所以
外面的事情總不懂得、將來我有空可以出外的時候
我必進京走一趟、順便經過各省地方逛逛見見世面
也可、不然、人家問起我來、我不懂得就成了个鄉下老
兒了、

務農桑乃可足衣食○你想衣食的源頭、在那裏做出
來的呢、是叫普天下的人、去種普天下的田、人人自種
自吃、天下也就沒有受餓的了、叫普天下的人、去養活

二十八日奉

上諭本日召見之候選道定成着留外務部當差、交
軍機處存記、欽此、

八月十九日奉

旨、着派宗人府府丞盛宣懷為辦理商稅事務大臣、
議辦通商行船各條約、及改定進口稅則一切事
宜、並着就近會商劉坤一張之洞妥為定議稅務
司戴樂爾賀璧理均着隨同辦理、欽此

中法新約、

大清國
大皇帝、
大法民主國
大伯理璽天德前因兩國同時有事於越南、漸致齟

普天下的蠶人人自織自穿、天下也就沒有受凍的了、
所以萬歲爺親自去耕田皇后娘娘親自去養蠶你看
身為至尊富貴巳極尚且不憚勤勞親去做這樣的事、
無非是為天下做一個榜樣叫百姓們好學着做你們
百姓們難道倒不該做的麼但凡百姓們春天要種夏天
要鋤秋天要收一點血一點汗辛苦了大半年纔得有
這碗飯吃纔得有這件衣裳若是一個不勤謹便上
頭不縠事奉老子娘下邊不縠養活老婆孩子這是一
定的道理你們還不勤謹嗎

論孟講義、

子曰弟子入則孝〇孔夫子意思說、一個人學什麼事
業總要從小兒教導纔好怎麼樣教導呢譬如在家裏
就要孝順父母怎麼樣個孝順呢就如冬景天寒冷就
要他老人家暖暖和和的夏景天暑熱又要他老人家
涼涼快快的清早起來還要他老人家安安靜靜的到
了晚上也要他老人家舒舒服服的請安問候時時體

龤、今彼此願為了結并欲修明兩國交好通商
之舊誼訂立新約期於兩國均有利益卽以光
緒十年四月十七日在天津商訂簡明條約、光
緒十一年二月二十八日奉

旨允准者作為底本為此兩國特派全權大臣會商
辦理、

大清國

大皇帝欽差全權大臣文華殿大學士　太子太傅、
北洋通商大臣直隸總督一等肅毅伯爵李
欽差總理各國事務大臣刑部尚書管理戶部三庫、
在翼世職官學事務大臣鑲黃旗漢軍都統錫
欽差總理各國事務大臣鴻臚寺卿鄧

大法民主國

大伯理璽天德欽差全權大臣賞給佩帶四等榮光
寶星並瑞典國頭等北斗寶星駐劄中國京都
總理本國事務巴特納
各將所奉全權文憑互相校閱均屬妥協立定

貼那老人家的意思、這就算孝了、若在鄉外、就要恭敬
長上怎麼樣恭敬呢、但凡有什麼事、或是說話走道、或
是站着坐着都要有個儘讓的、這便是弟了、凡有終日
所幹的事情、都要謹謹慎慎、不要有頭無尾的、就是對
人家說話、都要實實在在、不可胡說巴道的、至於大家
夥兒往來、都要和和氣氣的、不可嫌人家好歹佔人家
便宜他內中有忠厚老實的好人、另外要加意親近他
常常領他的教、這幾件事、天天都要照樣兒做、但有餘
空的時候、就要做那文藝的工夫、或習禮學樂、或念書
寫字、或跑馬射箭、或練駕御、或學算數、樣樣都要勤學
不可閒曠了日子、一則可以考較孝弟等樣、二則可以
開發聰明、所以教訓子弟們、總要趁早纔好啊、

齊宣王問曰文王之囿○齊宣王一日向孟夫子問道、
我聽見說周文王的園囿有七十里這麼大、不知是不
是、夫子知道不孟子道那史書上相沿已久、都是這麼
說囉宣王道那文王也是百里侯封而已、他那園囿果

條約如左、

第一款、

一越南諸省與中國邊界毗連者、其境內法國
約明自行弭亂安撫、其擾害百姓之匪黨、及無
業流民、悉山法國妥爲設法、或應解散、或當驅
逐出境並禁其復聚爲亂、惟無論遇有何事法
兵永不得過北界與中國邊界法國並約明必
不自侵此界、且保他人必不犯之、其中國與北
圻交界各省境內、凡遇匪黨逃匿、卽由中國設
法、或應解散、或當驅逐出境、倘有匪黨在中國
境內會合意圖往擾法國所保護之民者、中國
中國設法解散法國既擔保邊界無事中國約
明亦不派兵前赴北圻、至於中國與越南如何
互交逃犯之事、中法兩國應另行議定專條、凡
中國僑居人民、及散勇等、在越南安分守業者、
無論農夫工匠商賈、若無可責備之處其身家
產業均得安穩與法國所保護之人無異

然有這麼大嗎、孟子道文王的園囿雖、是這麼大當時
衆百姓們還嫌他小一點兒、宣王道那就奇囉寡人
的園囿不過四十里比文王的還差一半哪、那百姓們
反說我的太大了、這是什麼緣故呢、孟子道不是呀、大
王可知道文王的園囿嘛、他的園囿不單是自己游玩
的、就是那百姓們割草的、砍柴的、打圍的、網雀鳥的、個
個都喜歡在那裏頭、因那裏的東西有限來往人多怪
不得那時的百姓嫌小喇若大王的園囿就不同囉、小
臣當初來貴國的時候、到了郊外先行探問國中有什
麼法令纔敢進來聽見人家說、那裏就近的地方有一
個園囿方圓有四十里這麼大、若是有人到那裏傷了
一隻麋鹿、就要拉住這些人償命的呀、那百姓們瞧見
這個園囿倒像個陷坑一般常常都心驚膽破的怪不
得他們嫌大喇總之已有雖小也大上與人同、雖
大也小大王如今總要大夥兒同樂便不論大小都好、
又何必把大小比較呢、

第二款、
一中國既訂明於法國所辦弭亂安撫各事、無
所掣肘凡有法國與越南自立之條約章程、或
已定者或續立者現時並日後均聽辦理至中
越往來言明必不致有礙中國威望體面亦不
致有違此次之約、
第三款、
一自此次訂約畫押之後迅限六個月期內應
由中法兩國各派官員親赴中國與北圻交界
處所會同勘定界限俟或於界限難於辨認之
處即於其地設立標記以明界限之所在若因
立標處所或因北圻現在之界稍有改正以期
兩國公同有益如彼此意見不合應各請所於
本國、
第四款、
一邊界勘定之後凡有法國人民及法國所保
護人民與別國居住北圻人等欲行過界入中

5

話報摘要、

杭州白話報論看報的好處○諸位你看、現在的天下、也算得四通八達的了、鐵路電線火輪船造了許多、隨便有什麼事情、立刻就可以叫人家知道、我們生在這個時候也算得便宜極了、只可憐那不識時務的一班人、都說道洋人做的東西、我們中國不該學他的樣子、諸位是明白的人請你聽一個現成的譬喻、譬如孔夫子沒有帶家眷單身到了浙江、做了撫台他的父親在山東家裡忽然得了個暴病、那時候沒有電報便罷若有電報那伯魚是立刻打電報告訴孔子呢、還是因為恨這洋人的東西、情願由信局子裏慢慢的捎上一封家信、誤了日子呢、叉如孔子接了這個急信、要回去探他父親的病、那時候是由水路坐火輪船、是由旱路坐火車去呢、還是因為恨這洋人的東西、情願坐個民船、或是雇一輛轎車慢慢的回山東呢、果然如此、那孔子伯魚就算不了孝子、做不了聖賢了、諸位想想孔子伯魚是不是這樣拘泥的人、還有一層這鐵路電線火輪

國官請法國官發給護照、以便執持前往、

第五款、

一、中國與北圻陸路交界、允准法國商人及法國保護之商人、並中國商人運貨進出、其貿易應限定若干處、及在何處俟日後體察兩國生意多寡、及往來道路定奪須照中國內地現有章程酌核辦理、總之、通商處所在中國邊界者、應指定兩處、一在保勝以上、一在諒山以北、法國商八、均可在此居住、應得利益、應遵章程、均與通商各口無異、中國應在此設關收稅、法國亦得在此設立領事官、其領事官應得權利與法國在通商各口之領事官無異、中國亦得與法國商酌在北圻各大城鎮揀派領事官駐紮、

船、雖然是極快的、但是我們那裏能够、天天去打電報、坐火車坐輪船、打聽外頭的信息、所以外國人又想出開報館的法子、這個法子、於我們中國的士農工商四等人、最是方便的、中國的念書人大半窮苦、那有那些個錢來買書、現在　皇上又要變法、這八股是一定要廢的、一面要開學堂、一面用策論取士、我們念書的人、若不是看報、那能知道外頭那些事情、不用說別的話、就是我們想中舉中進士的、向來最喜歡打聽外頭有什麼新出的書、現在各省是什麼風氣、有了報看、自然一目了然、大家也好預俻趨風氣的法子、古人說的好、秀才不出門、能知天下事、誰想到這兩句話、到如今纔應了、就是那農工商三等的人、能多看報、都有好處、譬如種地的莊家人、新置了幾畝園子、不知道種那樣東西、將來好多賺錢、有了報看、就知道廣東新會縣的橙子、近來銷路最多、種法又容易、本兒又輕、就好把這園子種起橙子來、這種的話、報裏頭時時說的、譬如這釘書印書兩種的事情、中國向來是用人工的、有了報看、

第六款、

一、北圻與中國之雲南廣西廣東各省陸路通商章程、應於此約畫押後三個月內、兩國派員會議另定條欵、附在本約之後、所運貨物進出雲南廣西邊界、應納各稅、照現在通商稅則較減、惟由陸路運過北圻及廣東邊界者、不得照此減輕稅則納稅、其減輕稅則亦與現在通商各口無涉、其販運槍砲軍械軍糧軍火等應各照兩國界內所行之章程辦理、至洋藥進口出口一事、應於通商章程內定一專條、其中越海路通商亦應議定專條、此條未定之先、仍照現章辦理、

第七款、

一、中法現立此約、其意係爲鄰邦益敦和睦、推廣互市、現欲善體此意、由法國在北圻一帶開關道路、鼓勵建設鐵路、彼此言明、日後若中國酌擬創造鐵路時、中國自向法國業此之人商

便知道近來新出的法子、是用機器的、又快又好、何等
的爽快能够照樣做起來、這工藝的生意就興旺的了、
不得了、若說做買賣的人、更是要消息靈通、沒有報看、
那能都曉得呢、以上的話、都不過舉其大概、還有各樣
便宜的地方、諸位大概也算得到、不必我們多說了、所
以我的朋友們商量着想開報館、又怕咬文嚼字的人、
家不大耐煩看併且孔夫子也說道動到筆墨的事情、
只要明明白白大家都看得懂就是了、從前日本國有
個大名士名叫貝原益軒他一生也是專門做些粗淺
的小說書給人家看沒有過了幾年那風氣就大開了、
國勢也漸漸的強起來了、因此日本維新的根見大家
都說是貝原益軒一個人弄起來的、諸位此刻還未必
十分相信、等看了各種的報紙纔曉得我們並不是撒
謊呢、

文章其名就叫做八股這樣東西所說的無非是些空
八股文永遠廢了、○唉們中國下塌的先生們所做的

辦、其招募人工、法國無不盡力勸助、惟彼此言
明不得視此條係為法國一國獨受之利益、
　第八款、
一、此次所訂之條約內所載之通商各欵、以及
將訂各項章程應俟換約後十年之期滿、方可
續修、若期將滿六個月以前議約之兩國彼此
不預先將擬欲修約之意聲明、則通商各條約
章程仍應遵照行之、以十年為期、以後做此
　第九款、
一、此約一經彼此盡押法軍立即奉命退出基
隆、並除去在海面搜查等事、盡押後一個月內、
法兵必當從臺灣澎湖全行退盡、
　第十款、
一、中法兩國前立各條約章程、除由現議更張
外、其餘仍應一體遵守、至此次條約現由

大清國
大皇帝批准及

話、在從前太平無事的時候、拿他來考取士子、原無不
可、到了現在可就成了誤國誤民的、一個頂大的病根
兒、所以咱們　皇上近來下了一道　上諭決計將這
個八股從此廢去、並且說這種文章的毛病、是一天壞
似一天、那些做文章的、都不過拿他混一個舉人進士
實在於經史的道理、絕不相干、咱們念書的人、總要懂
得些中外的事情、學些個實在的本事、纔能殼出些個
有用的人才、出了有用的人才、給國家幹些大事、漸漸
的自强起來、這纔不辜負了開科取士的本意、所以自
明年以後、那頭場是出五篇論題、專考中國古來治亂
興亡的大事、念書人要明白了好些治亂興亡的大事、
將來做了官的時候、可就不會誤國了、那二場是五道
策題、專考各國古今事體同各種專門的學問人要知
道些各國的事情各種的學問、自然就能殼替國家辦
些大事、不用說的了、那三場是要做兩篇四書義一篇
五經義、你們知道什麼叫做四書義五經義呢、這可跟
那從前的文章、大不相同了、是凡那些時文的字眼墨

大法國

大伯理璽天德批准後、即在中國京都互換、

光緒　十一　年　四月二十七日、
西曆一千八百八十五年六月初九日、

大清國　　欽差全權大臣李　押

欽差總理各國事務大臣錫　押

欽差總理各國事務大臣鄧　押

大法民主國欽差全權大臣巴　押

光緒二十七年六月初三日奉
上諭禮親王世鐸着開去軍機大臣差使、仍補授御
前大臣欽此、
六月初十日奉
上諭大學士榮祿著管理戶部事務大學士崑岡著
管理兵部事務吏部尚書敬信著管理理藩院事
務、欽此、同日奉
上諭都察院左都御史著呂海寰補授欽此、

卷的腔調、破承題起講的格式是奉了　明旨、一概不

准用的了、你們只要將那題目的意思跟那講書似的、

講得他明明白白叉像那做論似的、做得他洋洋灑灑、

這就叫做四書義五經義了、以上所講的不過是大略

情形、至於那詳細章程、皇上已經叫禮部同政務處

曾議將來議得怎麼樣隨後再說給你們聽罷總之、這

八股一廢我們中國的人才就從此出來了、這不是第

一椿可喜可賀的新聞麼、

武科是廢了〇嗐們　皇上既然廢了八股叉想到現

在外國的鎗礮、是精巧得狠、我們中國下武場的人所

拉的硬弓所用的刀石所射的馬步箭都是些個無用

的東西了、所以叉下了一道　上諭將這個武科簡直

的廢了、但是嗐們　皇上叉想到這些下武場的人身

上、怕他們沒有出路所以叉准他們武舉武進士們到

營裏投効也可以得一個差使不辜負他們白中了一

個武功名並且說將來還要設立武備學堂教他們兵

光緒二十七年正月二十五日奉

上諭馮子材着調補貴州提督雲南提督着張春發
調補夏毓秀着調補湖北提督欽此叉二月二十
日電傳十六日奉

上諭黃槐森著開缺另候簡用廣西巡撫着于蔭霖
調補欽此叉五月十五日奉

上諭廣東雷瓊道員缺緊要著該督撫於通省道員
內揀員調補所遺員缺着吳永補授欽此

四月十四日奉

慈禧端佑康頤昭豫莊誠壽恭欽獻崇熙皇太后慈旨、
神機營虎神營隨扈弁兵着賞給漕米五千石由戶
部發交該管大臣妥為散給以示體恤欽此

七月二十九日奉

懿旨開李鴻章現在患病尚未痊愈該大學士以時局

書戰法同那些鎗礟的洋操、將來這一班下武場的人、
倒比從前的出路格外要好咧、你們看　皇上家的恩
典榖多麼大、
光緒二十七年和約十二歀、
第一歀講的是兩件事、那頭一件是因爲德國欽差克
林德被害、要賠們、　皇上派一位王爺到他們德國、
說些個抱歉的話、現在是已經派醇親王去了、那
第二件是要在德國欽差被害的地方、豎上一桶大
碑、刻上一道　上諭、表明他死的可惜、這個碑坊是
已經動工了、在東單牌樓北邊、
第二歀也是兩件事、頭一椿是要辦那些個縱容拳匪
的王公大臣、好呌人知道這回的亂子都是他們鬧
出來的、現在已經下了好幾道　上諭、辦了他們的
罪了、並且又把那不信義和團的五位大臣都復了
原官、　那第二椿是凡有殺害洋人的地方、文武科
塲都要停考五年、
八月初十日奉

多艱、力疾從公、不肯請假、具見忠愛性成、朝廷嘉許
之餘、彌殷廑念、着賞假二十日、安心調理、期速就痊、
以慰垂系、欽此、
八月十九日內閣奉
上諭朕欽奉
慈禧端佑康頤昭豫莊誠壽恭欽獻崇熙皇太后慈輿、
暫時西巡、所有與各國應辦事件、已派王大臣等
妥爲商辦、各省將軍督撫務當照常辦事、鎮靜民
心、勿令擾亂、保守疆土、勿稍疏虞、於交涉事件仍
遵疊次諭旨、按照條約辦理、儻有各種匪徒藉端
生事、嘯聚焚殺、意圖乘機作亂、着卽派兵立卽剿
平、勿令滋蔓、擾動大局、各該將軍督撫受恩深重、
自當共濟艱難、消弭隱患、用副朝廷諄諄誥誡至
意、欽此、

第三欵是因爲日本欽差衙門一個書記生被害、我們
皇上也派一位頭等欽差、名叫那桐、到日本國給
他們道歉去了、
第四欵是因去年洋人的墳墓被拳匪蹧蹋的太利害、
所以現在都要給他們立起石碑、這一筆銀子巳經
都付清了、
第五欵是禁止外國鎗砲火藥同那些造軍火的材料、
兩年之內都不准運進中國這是巳經奉了 上諭
的但是兩年之外還可以再多禁幾年、
第六欵是我們 皇上巳經荅應賠銀子四萬五千萬
兩分三十九年還清未還清以前須按常年四釐利
起息、這一筆賠欵將來是在上海交付、我們現在要
寫一張保單、交給他們各國中打頭的欽差收存、這
保單講的是怎麼樣籌出錢來賠他的法子、
第一層是各處海關、除還了從前的舊債外、所有餘
欵是都要付這回的賠欵、又從前所收的進口稅、名
爲每百抽五、實在那時候金價比現在便宜一半、現

上諭、江南銀圓局創設多年、行銷甚廣、巳著成效、亞
應照舊辦理、着劉坤一會商張之洞陶模等、將江
鄂粵三局並造章程、切實通籌妥護具奏欽此、
教堂買產章程、
嗣後法國傳教士、如入內地置買田地房屋、其
契據內、寫明立文契人某某、人姓名、此係賣產、賣爲本
處天主堂公產字樣、不必專列傳教士及奉教
人之名、立契之後、天主堂照納中國律例所定
各賣契稅契之費、多寡無異、賣業者毋庸先報
明地方官、請亦准辦、
光緒二十年九月十四日奉
上諭、京城地面各國教堂相安巳久、理應隨時照約
保護、現值東倭搆釁、與西洋各國毫無干涉、惟本
年各省來京人數衆多、恐無知之徒妄生疑忌、更

在金價貴了、我們還照那時候鋳價合成銀數來收
他們的稅豈不吃虧了一半、所以現在要按着這時
候的金價加足了數目這筆進口的稅、不差什麼就
多了一半並且從前洋人吃用的東西如煙酒衣服
之類都是沒有稅的現在是除了洋米洋麵同用的
金銀仍舊免稅外其餘從前無稅的貨物現在是按
百抽五一律要交足了好拿他來抵這賠欵
第二層是所有嗜們自己管的關稅凡在通商口岸
的都要歸海關上洋人管理也是拿他來抵這賠欵、
第三層是所有鹽務裏的進項除從前已經抵還洋
債所有餘欵是要全數做這回賠欵之用了、
以上三層都是想出法來好賠這一筆新債但是進
口稅要加足了值百抽五豈不是洋商吃了虧麼爲
什麼各國都肯答應呢其中却又要了兩欵都是與
他們合式的一是估價的裏頭他們要除了進口稅、
同各種雜費再牽勻了計算這就便宜了好些二是
將天津上海兩處河道開通好讓外洋的大船直出

有兒惡棍徒迿事生風希圖乘機滋擾亟應豫爲
防範着步軍統領衙門五城御史分飭所屬認眞
彈壓加意保護倘有不法匪徒藉端滋事立卽嚴
拿從重懲辦不准稍涉輕縱欽此

光緒二十七年四月初七日電傳、初四日奉
上諭、李經羲着調補雲南巡撫廣西巡撫着丁振鐸
調補均着毋庸前來行在請訓丁振鐸俟魏光燾
到任後再行交卸雲貴總督署任、欽此、

二十六年十月十二日奉
上諭、甘肅提督董福祥從前在本省辦理回務歷著
戰功、自調京以來不諳中外情形、於朝廷講信修
睦之道、未能仰體遇事致多鹵莽、本應予以嚴懲、
姑念甘肅地方緊要、該提督人地尙屬相宜、着從
寬革職留任、其所統各軍、現已裁撤五千五百人、
仍着帶領親軍數營、剋日馳回甘肅扼要設防、以

直入免得許多撥運的費用、這所加的稅、可都省出
來了、所以繞答應咐們加稅咧、

第七欵是將東交民巷一帶地方專給洋人居住歸他
們各國衙門自己管理中國的百姓是一概不准在
那裏住了、並且各國皆有兵、在那裏常時駐紮保護
他們的使館、

第八欵是將大沽礮台同由京城到海口一路的礮台
都毀平了、好讓他們來往走著便當、

第九欵是從北京到海口一路上都准他們派洋兵駐
紮、免得將來有道路不通的事情、這所駐紮的地方
就是黃村郎坊楊村天津軍糧城塘沽蘆台唐山灤
州昌黎秦王島山海關、

第十欵是有幾道　上諭、要在各處地方、貼他兩年、那
上諭所說就是不准人立會與洋人爲仇、同那些
禍首的罪名停考的地方文武百官不能保護洋人
的處分、

第十一欵是通商條約都要商量更改、現在議的是天

観後效、欽此、

二十七年七月十五日奉
上諭聶緝槼奏前任臺灣巡撫調署湖南巡撫邵友
濂病故代遞遺摺一摺邵友濂由部曹外任監司、
洊膺疆寄宣力有年克勤厥職茲聞溘逝軫惜殊
深、着照巡撫例賜卹所有任內處分悉予開復應
得卹典該衙門察例具奏、欽此、

行在宮門抄、

四月初十日、　瞿鴻禨謝在軍機大臣上學習
行走　恩、　四川升用知府周禮謝　恩、　召
見軍機
十一日、　召見軍機、
十二日、　河道總督錫良請　訓、　召見軍機
錫良
薛允升
十三日、　翰林院侍讀學士劉永亨到　行在

9

津的北河每年要我們出銀子六萬兩、上海的黃浦
河每年要我們出銀子二十三萬兩、以二十年爲度、
作爲修理河道的費用、
第十二欵是將咱們總理衙門改做了外務部、列在六
部之前、現在這部裏的堂官都已經有　上諭派定
的了、至於各國欽差觀見咱們　皇上的禮節都要
更改現在也商量好了、
以上所說的十二欵、是用中外文字寫了十二分却要
以法文爲主、這是辦條約向來的規矩、各國欽差駐京
的共有十一位、同著我們兩位全權大臣、已經在七月
二十五日畫了押了、

報章雜錄、
法使抵滬○法國新簡駐華使臣鮑君咋曉行抵吳淞
法總領事及各文武等官均赴吳淞迎接鮑公使卽乘
某駁船由淞至滬法公董局總辦並法兵若干名均赴
碼頭恭迓至晚由法總領事特設盛筵以相欵待聞該

請　安、　召見軍機、
十四日、　召見軍機、　孫家鼐　吏部奏派驗
看分發人員之大臣、　派出敬信陳邦瑞陸潤
庠貽穀彭述艾慶瀾、
十五日、山西蒲州府知府楊樹謝　恩、
神機營虎神營代奏兵丁謝賞漕糧　　恩、
召見軍機、　楊樹

光緒二十一年正月初八日邸抄、
提督奴才馮子材跪
奏爲恭報舊疾痊愈專摺叩謝
天恩仰祈
聖鑒事竊照奴才於光緒十三年八月十三日准兩
廣總督臣張之洞咨開准兵部咨五月十八日
內閣奉
上諭、雲南提督着馮子材補授欽此奴才因舊疾未

12　　　　　　11　　　10

公使於今晚接見法國商民後、明日即須乘船北上矣、

法使北上○新簡駐華法公使、於禮拜六由滬起節乘
輪北上本埠法總領事亦陪同起行、
昨晚探得醇邸準於本月二十七日出京、卽坐招商局
船來滬准於六月初五日乘德國公司船由滬放洋前
往德國、

探得醇親王、於昨日辰刻由京坐火車逕至塘沽登安
平輪即於昨晚啓輪南下、
西九月十七號卽八月初五日路透電云德皇近與醇
邸在丹錫口岸閱陸軍五萬名大操、

護送出洋○前日十點鐘、醇親王乘輪過滬時、所有外
海六營水師、砲艇十二號、一律懸旌鳴礮、整隊迎接、礮
台盛字營全軍亦均站隊、升礮致敬後、由北洋統帶葉
桐侯軍門祖圭乘海天兵艦、護送出洋、

愈曾經具摺奏請
收回成命另
簡賢能補授雲南提督、以重職守、十一月十五日差
弁齎回原摺泰
硃批馮子材仍着暫留廣東督辦欽廉防務、毋庸開
缺、欽此、曾經專摺叩謝
天恩欽遵
溫諭、督辦欽廉防務、各在案、歷年以來、悉心醫治、隨
愈隨發、至本年七月疾方痊愈、伏查奴才受
國深恩、涓埃未報、前以舊疾上歷
宸衷、加異數之恩、着毋開缺留督防之任、俯得專醫、
茲幸夙疾全瘳、皆由
深恩所致、荷
高厚之德、感激難名、惟有力圖報稱、以仰副
恩寵至意、所有奴才舊疾痊愈感激圖報下忱、理合
恭摺具陳叩謝
天恩、伏乞

IMPRIMERIE NATIONALE.

www.ingramcontent.com/pod-product-compliance
Ingram Content Group UK Ltd.
Pitfield, Milton Keynes, MK11 3LW, UK
UKHW031704170726
13836UKWH00001B/28